AF496242

IMPRIMERIE DE AUGUSTE MIE,
Rue Joquelet, nᵒ 9, place de la Bourse.

662.

LES

TOMBEAUX

DU LOUVRE,

ÉPISODE DE JUILLET 1850.

Par Frey de Neuville et Julien Rebière.

Le roi Charles dit en jurant au duc d'Angoulême, en présence du duc de Montpensier et des princesses : Puisqu'il le faut pour la sûreté de ma couronne, et la défense de la religion, qu'on les extermine tous ; qu'il n'en reste pas un qui puisse me le reprocher.... Donnez ces ordres promptement.

ANQUETIL, t. VI, Mém. de Villeroi.

PARIS,

AUGUSTE MIE, IMPRIMEUR,

RUE JOQUELET, Nº 9.

1832

PRÉFACE.

Ce poème était destiné à paraître au mois d'août 1830 ; d'autres ouvrages littéraires nous empêchèrent de le publier. Il était resté dans nos cartons, peut-être n'en devrait-il pas sortir ; mais nous avons vu avec peine que nos aînés dans la carrière n'ont pas daigné jeter quelques fleurs sur la cendre de ceux auxquels ils doivent ce que l'on est convenu d'appeler en France *la liberté*. Cette liberté, nous la vîmes naître le matin sur les barricades sanglantes, nous la vîmes ensevelir le soir dans les tombeaux du Louvre.

C'est avec indignation que nous voyons dépenser des sommes considérables pour tracer d'inutiles jardins arrachés au domaine public, et le monument funèbre, destiné à recevoir les restes de ceux qui firent la révolution, rester inachevé comme elle.

LES TOMBEAUX

DU LOUVRE.

Suspendons un moment nos transports d'allégresse,
Je vois autour de nous des signes de détresse;
Est-il d'autres dangers contre la liberté (1)?
    Qui peut nous causer ces alarmes ?...
L'étranger ?... S'il osait ! n'avons-nous pas nos armes
    Pour punir sa témérité?

    Quelle est cette bannière sombre
    Qui plane sur les trois couleurs ?
La nuit aux attentats peut, en prêtant son ombre,
Arroser nos lauriers et de sang et de pleurs !

    Courons, amis, il y va de la vie;
    Pour la seconde fois délivrons la patrie.
    Pour sa défense il est beau de mourir!
Courons... Mais qui s'avance au milieu des ténèbres ?
J'entends de nos tambours les roulemens funèbres.. .
    Et le beffroi vient de gémir !...

A la pâle lueur des torches vacillantes

Je vois des citoyens les colonnes errantes
Se presser à l'entour des cadavres sanglans;
Je lis sur les drapeaux : *ils ont perdu la vie*
Pour venger la France asservie.
O France, pleure tes enfans !

Le cortège à pas lents vers l'église s'avance,
Le tambour seul interrompt son silence.
Il arrive..., et chacun s'incline avec respect.
De vieillards et d'enfans la cohorte est formée,
Des femmes en pleurant traversent la mêlée;
Incertain je m'arrête à ce lugubre aspect!...

L'avais-je donc rêvé? Rien ici ne m'étonne :
Ces longs gémissemens, la cloche qui bourdonne,
Ces morts près des autels, holocaustes nouveaux,
Des guerriers abattus la sanglante dépouille,
Ces armures que le sang rouille,
Et ces crêpes flottant aux faîtes des drapeaux...
Non! ce n'est point un songe, et c'est là qu'une ligue,
Sous un roi sans pudeur, du sang français prodigue,
Avança l'heure du trépas.
La cloche que j'entends, c'est le signal de Guise (2);
Ces cadavres épars dans le sein de l'église;
Médicis a parlé... Non je ne rêve pas!...

Je revois Coligny, si mon cœur ne m'abuse;
De Charles je revois la fatale arquebuse,
J'entends ces mots : C'est le roi qui l'a dit !

Charles ! il ordonna le meurtre et le carnage,
Et pour mieux assouvir le besoin de sa rage,
　　Lui-même exécuta son infernal édit ! (3)
　　Sanglant édit, sacrilége ordonnance,
　　Pour déchirer le sein de notre France
Tu servis d'instrument à de lâches bourreaux ;
Alors comme aujourd'hui, sans détourner la tête,
Des flatteurs insolens assistaient à la fête
　　　Que la mort donnait aux tombeaux (4) !
(5) Guise, les Montpensier, le bâtard d'Angoulême,
Petrucci, Siennois, le féroce de Bême (6),
Les voilà... dans leurs mains s'agite le poignard ;
Ministre de la mort, Tavanne impitoyable (7)
Tient un glaive sanglant dans sa main exécrable,
Et promène sur nous son farouche regard.

Vils soldats des fureurs d'une ligue pieuse
Vos noms troublent encor la cendre vertueuse
　　　De l'infortuné Coligny,
Et vos spectres, errant aux pieds des colonnades,
　　Ont réveillé l'écho des fusillades
　　　De votre Saint-Barthélemy.

Oui, vous avez troublé le silence des tombes,
Sous mes pas j'ai senti frémir les catacombes,
J'entends crier les gonds des caveaux éternels,
　　Et près de moi, sous ces portiques sombres,
　　　Ne vois-je pas d'antiques ombres
　　　Errer autour des saints autels ?
　　　Elles ont fui le receptacle

Du sombre empire de la mort,
     Pour contempler le sublime spectacle
Des héros de juillet qui partagent leur sort.

Celle que j'aperçois couverte d'une armure,
Dont un panache épais ombrage la figure,
(8) C'est LAROCHEFOUCAULT qui, quoique son rival,
N'en fut pas moins l'ami de l'auguste amiral.
Il est à ses côtés, c'est Coligny lui-même ;
Il semble encor braver les menaces de Bême,
Crusol, Pluviaut, Lévi, Pardaillan, de Caumont,
Laforce, Téligny, Lavardins et Clermont.
Les guerriers valeureux de sa fière cohorte
Se disputent encor l'honneur de son escorte,
Ils savent maintenant que le Dieu paternel
est le père de tous, quel que soit leur autel.

Ces ombres sont ici... Pénétré de leur gloire,
Pour les mieux admirer je consulte l'histoire.
Grands débris d'un autre âge, héroïques guerriers,
Le temps n'a pas flétri leurs civiques lauriers,
Et les preux immolés dans nos grandes journées
Vont aussi partager leurs nobles destinées !...

Ecoutons... Mais en vain je me serais flatté
D'arriver au secret de l'immortalité.
Vainement les mortels dans une nuit profonde
Tentent de pénétrer les mystères du monde ;
Dieu seul qui les créa sait les approfondir,
Et d'un voile pour nous Dieu voulut les couvrir.

Mais, quand l'âme fuyant de la vile matière
Pour monter vers le ciel, vient à quitter la terre,
De son Dieu qu'elle voit, admirant les décrets,
Du mystère des temps elle sait les secrets.
De nos frivolités, cette âme dégagée,
Vers Dieu seul tourne alors son amour, sa pensée.
Son passage sur terre est pour elle un retard,
Et le passé n'obtient qu'un dédaigneux regard.

Misérables mortels, enclins à la souffrance,
Que nous sert ici bas une longue existence ?
L'homme obscur qui finit de vivre et de souffrir
Ne peut laisser de lui qu'un faible souvenir ;
Mais si par des hauts faits il illustra sa vie,
Sa mémoire vivra dans la postérité ;
Et son nom glorieux grandira respecté,
S'il servit, s'il vengea, s'il sauva sa patrie !

Qui me fait tressaillir en écrivant ces mots ?...
C'est la gloire promise à ces nobles héros
Dont, hélas, pour jamais le tombeau nous sépare.
Et lorsqu'à les chanter ma muse se prépare,
Malgré moi rien ne peut arrêter ses élans !
Dignes fils de Paris, si mes tristes accens
Ont mêlé vos lauriers aux palmes du martyre,
C'était pour vous chanter que j'essayais ma lyre.
Je vous ai vu mourir, défenseurs généreux,
Jeune, j'en parlerai.... vieillard, à mes neveux,
Sous le chaume où je vis commencer mes années,
Je dirai le récit de vos belles journées,

Oseront-ils douter de vos sublimes faits ?...
Non, sous des cheveux blancs l'homme ne ment jamais.
Si l'un d'eux, voyageur ému par mon histoire,
Vient chercher dans ces lieux le sceau de votre gloire,
Partout il trouvera le cachet glorieux (9)
Que l'on s'efforce en vain de cacher à nos yeux.
Il portera ses pas aux pieds du sanctuaire
Que n'a pas respecté la balle meurtrière.
Ces murs, derniers témoins de ces jours solennels,
Lui rediront aussi, que, quittant les autels,
Un ministre de paix vint bénir leur poussière,
Et seul osa remplir son pieux ministère.
Ils lui diront encor : leurs civiques drapeaux
abritaient des vaincus les orgueilleux faisceaux,
Et près de leurs cercueils, cette foule empressée,
Racontait leurs exploits et leur gloire passée.
Si ces murs sont muets, que du moins mon pinceau
Lui peigne quelques traits de ce triste tableau.
Approchons... C'est l'instant où les derniers cantiques
Vont livrer au tombeau leurs restes héroïques.
Pourquoi tant de vertus doivent-elles, hélas !
Si jeunes succomber sous la faulx du trépas !

Ce vieillard au front chauve, au port noble et tranquille,
Cet orphelin tremblant, cette timide fille,
Et cette femme en deuil qui suivent les convois,
Tous perdent leur espoir, et leur triste pensée
Ne permet pas la plainte à leur bouche glacée.
Ils sont morts, disent-ils, pour défendre nos droits !
Ah ! je pourrai du moins, si je les interroge,

Admirer des vertus ; écoutant leur éloge,
Déjà mon cœur ému partage leurs chagrins...
—Respectable vieillard, si j'en crois ta tristesse
Tu pleures en ce jour l'espoir de ta vieillesse...
Il est peut-être encor pour toi des jours sereins.

— « Etranger, me dit-il, oui, le ciel me prépare
« Des jours dont il sembla long-temps se rendre avare....
« Il a pourtant frappé le plus tendre des fils....
« Je souffre sans gémir... Citoyen, je t'étonne ;
« Crois-tu qu'un vieux soldat gravé sur la colonne
« Puisse sacrifier son fils à son pays ?

« J'ai traversé les monts pour dompter l'Italie ;
« Les déserts près du Nil, les plaines d'Ibérie.
« Par la gloire je fus enivré tour-à-tour ;
« Mais celui dont tu vois les tristes funérailles,
« Seul soutien d'un soldat vieilli dans vingt batailles,
« M'a surpassé dans un seul jour !

« La France allait gémir sous le joug arbitraire
« Qu'avait forgé les mains d'un lâche ministère ;
« En lui la France vit un hydre furieux ;
« De son repaire affreux il soufflait les alarmes ;
« Il préparait des fers... Je préparai mes armes
« Et mon fils les saisit, transporté, glorieux.

« En voyant tressaillir son âme belliqueuse,
« Alors, plus que jamais, la mienne fut heureuse.
« Alors... je me souvins de mes premiers exploits ;

« Je me voyais revivre, et mon âme agrandie
« Comptait pour tout l'honneur... qu'importe alors la vie.
« Vas, lui dis-je, mourir ou vaincre pour nos lois !

« Il partit... et bientôt, du haut des barricades,
« Affrontant sans pâlir les vives fusillades,
« Je le vis pénétrer au milieu des soldats;
« Mon vieux cœur, palpitant de son ancien courage,
« Me faisait envier les forces de son âge
        « Pour le guider dans les combats.

« Long-temps je l'attendis... Lorsque ma voix émue
« L'appelait vainement... à mon âme éperdue,
« Un noir pressentiment annonçait son trépas !
« Je m'entendis nommer... c'était sa voix si chère !.
« Je distinguai ces mots : BÉNISSEZ-MOI, MON PÈRE,
« ET JE POURRAI MOURIR... c'était mon fils, hélas !

« C'était lui ! J'aperçus son front sanglant et pâle ;
« Il m'avait reconnu ; de sa main glaciale
« Il montra sur mon sein l'étoile de l'honneur.
« Il voulut me parler... Et sa bouche fanée
« S'efforça vainement d'exprimer sa pensée.
« Mourant, la gloire encor faisait battre son cœur !

« Un souris expira sur ses lèvres tremblantes ;
« J'aperçus de la mort les traces jaunissantes
        « S'étendre sur son jeune front;
« Et semblable à ces fleurs brillantes à l'aurore
        « Que le soir sèche et décolore,
« Il mourut ! » A ces mots le vieillard s'interrompt.

« Pardonnez quelques pleurs à mon âme attendrie;
« Le trépas de mon fils est bien digne d'envie.
« Citoyen, en secret je dois seul en gémir !
« J'ai perdu de mes ans le soutien et le guide.
« Mais père d'un héros , et soldat invalide,
« Pour mourir glorieux j'ai plus d'un souvenir. »

Le vieillard finissait, et je versais des larmes
Sur les preux immolés aux sanglantes Catharmes,
Qui nous ont délivrés de la peste des rois....
(Alors, je le croyais), quand une voix plaintive
          Frappa mon oreille attentive,
          Et j'entendis d'autres exploits.

          La fille d'un républicole,
Qui franchit autrefois les murs du Capitole,
Dont le Kremlin a vu proclamer les hauts faits,
          Comme la Muse de l'histoire,
Nous retraçait ainsi le tableau de la gloire
          D'un vieux soldat français:

« Celui que vous voyez sur sa couche dernière ,
« Qui conduisit vos bras, guerriers, c'était mon père;
          « Trente combats l'ont vu victorieux.
« Et quand la liberté ralluma son courage ,
« Un descendant de Tell , soldé par l'esclavage,
          « Vient de trancher des jours si glorieux !

     « Vous l'avez vu le chef de vos cohortes,
« Du Louvre avec fracas faire tomber les portes;

« Pavoiser le drapeau sur le royal palais ;
　« Vous l'avez vu pénétrer d'épouvante,
　« De l'Helvétien la troupe menaçante ;
« Vous l'avez vu... c'était le vieux soldat français !

« D'un outrage sanglant conservant la mémoire,
« Il fut de ces soldats que l'on vit sur la Loire,
« Errans et malheureux, accusés de forfaits ;
« Il chercha l'exilé dans son île lointaine,
« Et l'auguste proscrit de l'île Sainte-Hélène
« Revit avez plaisir le vieux soldat français.

« Il revint parmi nous, quand le pharisaïsme (10)
« Nous courbait sous le joug de l'affreux despotisme
　　　« Des nouveaux maires du palais.
« J'entendis de nos jours l'arrêt du ministère
« Vouer à l'échafaud la tête de mon père,
　　« Dernier tribut du vieux soldat français !...

« Cette tête qu'on vit briller de l'auréole
« Dont la gloire entoura les vieux soldats d'Arcole,
« Dans le voile des temps se cache désormais ;
« Mais, quand des libertés nous revîmes l'aurore,
« Sous les plis protecteurs du drapeau tricolore,
　　« On reconnut le vieux soldat français !...

« Il n'est plus ! s'écriait une femme alarmée ;
« N'ai-je vu s'allumer les flambeaux d'hyménée,
« Que pour pleurer long-tems ses doux sermens d'amour,
« Ses grâces, ses vertus, sa brillante jeunesse,

« Cet heureux avenir promis à ma tendresse ,
« Avec ce tendre époux tout s'enfuit sans retour !

« Le soin de mon bonheur charmait son existence ;
« Mais à son jeune cœur bouillant d'effervescence,
« La gloire sut parler en dépit de mes pleurs.
« Je le vis un instant attendri par ma plainte ,
« Et bientôt de mes bras fuyant la douce étreinte ,
« La France, me dit-il, demande des vengeurs !

« Ce nom de liberté, dans son âme énergique,
« Exerçait son pouvoir entraînant et magique,
« Quand seule je me crus arbitre de son sort.
« Gloire ! pour les Français si chère et si fatale ,
« Tu disputais son cœur.... je t'avais pour rivale,
« Et te l'abandonnais... Pourquoi donc est-il mort ?

« La mort ! ce mot doit-il faire couler tes larmes ?
« Répond un des guerriers : mourir près de ses armes ,
« Au milieu des combats... c'est là tout mon espoir.
« Tu pleures ton époux... Il a perdu la vie
« Pour défendre nos droits, pour venger la patrie,
« Il est mort en Français... il a fait son devoir !

« Dans ces jours glorieux, sous la même bannière,
« Frappé d'un coup mortel, j'ai vu tomber mon frère,
« Il est là près de lui, m'en vois-tu donc gémir ?
« C'est lui de qui la voix osa se faire entendre
« Aux soldats du tyran : il voulut leur apprendre
« (11) Comme un jeune Français sans crainte sait mourir.

« C'est lui... Mais ta douleur parle un touchant langage.
« Epouse d'un héros, à ton noble veuvage,
« Je ne puis, malgré moi, refuser un regret.
« Le despotisme est mort, la liberté commence.
« Honneur au deuil sacré des enfans de la France !
« Honneur, cent fois honneur aux héros de juillet !

« Vois, près de ces tombeaux, la phalange héroïque
       « Du plébéien démocratique.
« Qui veille désormais au maintien de nos lois.
    « Citoyens, faites sentinelle,
    « Et que leur cendre vous rappelle
    « Comment on doit traiter les rois !

« Ombres, dormez en paix ! au temple de la gloire,
    « Dans nos cœurs comme dans l'histoire,
    « Votre souvenir restera.
« A force de forfaits tombe la tyrannie ;
« Les monumens promis au nom de la patrie,
« Le peuple souverain vous les élèvera !

    « N'ont-ils donc pas vu vos fantômes
    « Errer près de ceux des grands hommes ?...
« Rome vous eût construit de funèbres autels !
« Pourquoi du Panthéon les voûtes sépulcrales
    « N'ont-elles pas aux troupes martiales
    « Ouvert leurs caveaux immortels ? »

Ombres, dormez en paix ! votre mort glorieuse,
    Devait rendre la France heureuse....

Quel réveil douloureux après un tel trépas !
Ombres , dormez en paix ! ne vous réveillez pas !

Qui nous forges des fers ? qui fait couler nos larmes ?
Contre l'humanité qui donc tourne ses armes ?
Les hommes doivent-ils conjurer à genoux
D'un despote la rage ou d'un roi le courroux ?
De ces vaines grandeurs les coupables maximes
Sous un voile pompeux ne cachent que des crimes.
Les hommes-rois sont-ils au-dessus des mortels?
Un jour... (il n'est pas loin) les décrets éternels
En brisant ces erreurs, vengeront la nature.
Sur leurs têtes déjà le tonnerre murmure,
Et le peuple en courroux, pour punir tant d'affronts,
D'un diadême impur dépouillera leurs fronts.

NOTES

DU POEME DES TOMBEAUX.

———

(1) Je vois autour de nous des signes de détrésse;
   Est-il d'autres dangers contre la liberté?

Aux drapeaux noirs des 27 et 28 juillet, le drapeau tricolore succéda le 29. Mais le 30, consacré aux funérailles des héros de ces grandes journées, les citoyens en deuil accompagnèrent les convois funèbres sous la bannière sombre. Ce signe de nos premières alarmes troubla un instant les Parisiens, qui reconnurent plus tard qu'il était destiné au cortége fatal.

(2) La cloche que j'entends, c'est le signal de Guise.

Rien ne rappelle en effet le tableau de la Saint-Barthélemy comme la journée des funérailles. Vis-à-vis des colonnades, théâtre du carnage des ligueurs, les cadavres de nos preux étaient amoncelés. La cloche qui donna le signal des massacres, est la même dont le son nous frappa pendant la triste cérémonie. Voici à ce sujet quelques détails sur la Saint-Barthélemy :

« Le signal devait être donné à la pointe du jour

« par la cloche du palais. Triste et morne cepen-
« dant, le roi attendait avec une secrète horreur
« l'heure fixée pour le massacre qu'il dépendait en-
« core de lui d'arrêter. Témoin de son agitation,
« et craignant qu'il ne revînt sur ses pas, sa mère
« le rassure, le presse, et, impatiente de mettre
« en mouvement les acteurs de cette sanglante tra-
« gédie, trouve que le moment en serait trop re-
« tardé par la distance du palais au Louvre. C'est
« à Saint-Germain-l'Auxerrois que le tocsin com-
« mençe à sonner par ses ordres. Le roi sortit alors
« de son appartement, entra dans un cabinet atte-
« nant à la porte du Louvre, et regarda dehors avec
« inquiétude. »   (*Mémoires de Villeroi.*)

(3) Et pour mieux assouvir le besoin de sa rage,
   Lui-même executa son infernal édit.

Le fougueux Charles, une fois livré à son caractère impétueux, ne connut pas de bornes ; on l'ac-
cuse même d'avoir tiré sur les malheureux qui tra-
versaient la rivière à la nage, pour gagner le fau-
bourg Saint-Germain.   (D'AUBIGNÉ.)

(4) Que la mort donnait aux tombeaux.

Les historiens ne s'accordent pas à dire si Charles avait une ferme volonté. Mais les instigations
d'une cour astucieuse l'entraînèrent à signer un
édit dont les siècles feront toujours peser la res-
ponsabilité sur sa couronne. Les détails que nous
ajoutons, feront mieux connaître son caractère.

« Le roi, incertain, dit le duc d'Anjou, se res-
« sentit tout à coup d'une étrange métamorphose ;
« car, s'il avait été auparavant difficile à persuader,
« ce fut alors à nous à le retenir. Se levant, il nous
« dit de fureur et de colère et en jurant, en pré-
« sence du duc d'Angoulême, du duc de Montpen-
« sier et des princesses : Puisque vous trouvez bon
« qu'on tue l'amiral, je le veux ; mais aussi, puisqu'il
« le faut pour la sûreté de ma couronne et la dé-
« fense de ma religion, qu'on les extermine tous,
« afin qu'il n'en reste aucun qui puisse me le repro-
« cher. Donnez les ordres promptement. »

Il semble que le conseil du 25 juillet 1830 agissait
sous l'influence de cet épouvantable exemple.

(5) Guise, les Montpensier, le bâtard d'Angoulême...

Guise. Lorsque l'amiral fut blessé quelques jours
avant les massacres, l'assassin Maurevel donna à
connaître dans ses interrogatoires, qu'une main
puissante avait dirigé ses coups. Dans les conversa-
tions qui suivirent l'assassinat, « Catherine de Mé-
« dicis fit entendre à Charles IX qu'elle soupçonnait
« violemment Guise, et que c'était sans doute pour
« venger la mort de son père tué devant Orléans. »
(*Mémoires de la reine Marguerite, page 35. —
Mémoires de Villeroi.*)

...... *Les Montpensier*, en quittant la cour au
mois de mai 1572, indisposèrent le roi contre les

calvinistes; d'accord avec les Guise, ils reprochèrent à Charles d'accabler de bienfaits les ennemis de l'État. C'est à cette époque qu'on emprisonna la reine de Navarre.   (*Mémoires de Tavannes*).

Le bâtard d'Angoulême. Henri, duc d'Angoulême, grand prieur de France, frère bâtard du roi, fut un des moteurs principaux de la sanglante catastrophe. C'est lui qui demanda à Bême le corps de Coligny pour vérifier l'affreuse identité de son assassinat.

« On précipita le cadavre par la fenêtre ; le duc « d'Angoulême essuya le visage pour le reconnaî- « tre ; on dit même qu'il s'oublia jusqu'à le fouler « aux pieds. »   (D'AUBIGNÉ, *tome* 2.)

(6) Petrucci, Siennois, le féroce de Bême.

Petrucci Siennois et de Bême, accompagnés de trois colonels des troupes françaises, furent chargés de poignarder l'amiral. Escortés de soldats, ils montèrent dans les appartemens de Coligny (rue de Béthisy), vociférant les cris : A mort ! Au bruit qui se faisait dans sa maison, l'amiral avait jugé d'abord qu'on en voulait à sa vie. Il s'était levé, et, appuyé contre le mur, il faisait ses prières. Bême l'aperçoit le premier. Est-ce toi qui es Coligny? lui dit-il en lui présentant la pointe de son épée. C'est moi-même, répond celui-ci d'un air tranquille. Jeune homme, ajouta-t-il, tu devrais respecter mes cheveux blancs ! Pour réponse, Bême lui plonge son épée dans le corps, la retire toute fumante, et lui coupe le visage.

(ANQUETIL, tome 6.)

(7) **Ministre de la mort, Tavanne impitoyable.**

Le maréchal de Tavannes avait assisté aux délibérations qui eurent lieu dans le château des Tuileries entre la reine Catherine, le duc d'Anjou, le duc de Nevers, Henri d'Angoulême, Réné de Birague, garde-des-sceaux, et Albert de Gondi, baron de Retz, pour déerminer l'exécution des massacres que l'on fixa au 24 août; c'est Tavannes qui, sans pitié, criait au milieu du carnage de la Saint-Barthélemy : *Saignez, saignez, les médecins disent que la saignée est aussi bonne au mois d'aoît qu-au mois de mai.* (ANQUETIL, *tome* 6.)

(8) **C'est Larochefoucauld....**

Le comte de Larochefoucault, de concert avec Coligny et Téligny, avait résolu de se fier à la parole du roi, malgré les avertissemens qu'il recevaient tous les jours des marques d'hostilité qu'on apercevait dans le Louvre. Confiant et tranquille la veille de la Saint-Barthélemy, Larochefoucault fut comme de coutume faire sa visite au roi. Charles, craignant de faire manquer l'entreprise par trop de pitié, n'ose sauver le comte de Larochefoucault qu'il aimait. Le voyant sur le soir prêt à sortir du Louvre, Charles l'invite, le presse d'y rester;

le comte refuse. Charles ne pouvant le retenir sans risquer d'être deviné, l'abandonne à son sort, gémissant au fond du cœur de se voir forcé de le sacrifier à la sûreté de son secret : « Je vois bien, « dit-il, que Dieu a résolu sa mort. »

(*Commentaires, livre IX, page* 31. *Mémoires de Villeroi.*)

(9) Partout il trouvera le cachet glorieux
Que l'on s'efforce en vain de cacher à vos yeux.

Il est étonnant que, dans une ville où la gloire a tant d'adorateurs, les Parisiens laissent effacer les traces que la balle et l'obus ont empreintes sur les édifices. Ce cachet respectable qui attira les curieux des provinces et des pays étrangers, remplacerait merveilleusement les tableaux et les trophées dont les marchands et les manufacturiers décorent les architraves de leurs magasins. Nous avons souvent gémi en voyant la main vandale du badigeonneur effacer ces honorables cicatrices.

(10) Il revint parmi nous, quand le pharisaïsme.

Cette allusion contre les ministres pourrait pallier les torts du règne des deux derniers rois-frères. Nous ne disons pas cependant, comme nous l'avons entendu dire trop souvent, que l'on doit s'appitoyer sur de royales infortunes. Faut-il alors être insensibles aux malheurs qui nous ont affligés pendant les trois jours? Ces veuves qui pleurent leurs époux, ces orphelins qui demandent leurs pères, ont-ils moins de titres à notre compassion? Les héros que nous pleurons n'étaient-ils pas des hommes, et que sont les rois? Un vieillard faible, qui perd une couronne en nous livrant à la fureur d'une soldatesque ennemie, doit-il recevoir d'autres témoignages que ceux de notre indignation. Que les âmes tièdes déplorent son coupable aveuglement, nous ne saurons jamais l'excuser.

(11) Comme un jeune Français sans crainte sait mourir.

Les journaux de la capitale ont parlé du trait sublime que nous rapportons ici : nous nous abstenons d'y rien ajouter; il suffit de nommer D'Arcole.

BIBLIOTHEQUE ROYALE

www.ingramcontent.com/pod-product-compliance
Ingram Content Group UK Ltd.
Pitfield, Milton Keynes, MK11 3LW, UK
UKHW021158230726
13926UKWH00001B/177